ZON

Tradução e comentários
ANA CAROLINA MESQUITA

A APRESENTAÇÃO

SOBRE OS CONTOS EM TORNO DE
MRS. DALLOWAY

Entre 1922 e 1925, Virginia Woolf escreveu uma série de pequenas histórias sobre o tema da festa, mais ou menos ao mesmo tempo que redigia aquele que talvez seja seu romance mais famoso, *Mrs. Dalloway*. Dois deles foram escritos antes ou durante a escrita do livro, enquanto os outros cinco surgiram logo depois da sua conclusão, como histórias independentes que ora giram em torno desse tema, ora o ampliam.

    A festa foi uma das temáticas que mais obcecaram Virginia. A festa enquanto acontecimento representa um microcosmo que é atravessado pela beleza, pela celebração, pelas aparências e pela confirmação das posições sociais – e, portanto, em sua outra face, pela melancolia, pelo lamento e pela frustração das expectativas e sonhos.

No manuscrito que contém as anotações da composição de *Mrs. Dalloway*, temos a seguinte inscrição, de 6 de outubro de 1922:

> Ideia de iniciar um livro a ser chamado, talvez, de Em Casa: ou A Festa:
> Será um livro curto, com seis ou sete capítulos, cada qual com uma existência separada, completa.
> Mas deverá haver alguma espécie de fusão!
> E todos irão convergir na festa, ao final.

Virginia não costumava demorar-se no universo de nenhum de seus romances após seu término. Via de regra, os períodos imediatamente seguintes ao encerramento de um romance eram seguidos de um profundo esgotamento e, com frequência, silêncio e depressão.

O fato de que após concluir *Mrs. Dalloway* (um livro que lhe exigiu muitíssimo) ela tenha escrito histórias que se desmembram da festa de Clarissa, ou orbitam a personagem, indica o quanto se fixava sobre o tema. A festa de Clarissa adquire uma espécie de vida própria, que ultrapassa *Mrs. Dalloway*.

SOBRE ESTE CONTO

"A apresentação", provavelmente escrito em 1925, não chegou a ser publicado durante a vida de Virginia Woolf. O conto veio a público pela primeira vez em 18 de março de 1973, na *Sunday Times Magazine*, e a versão aqui apresentada foi coligida por Susan Dick em *The Complete Shorter Fiction of Virginia Woolf*, vinda de um caderno de anotações da autora.

Aqui, temos uma cena da festa de Clarissa Dalloway mostrada quase que inteiramente pelo ponto de vista de uma de suas anônimas convidadas, Lily Everit. Lily é uma jovem brilhante, que frequenta a universidade, mas se sente compelida durante a festa de Mrs. Dalloway – a primeira que ela frequenta na vida – a representar o que acredita ser o papel da moça ideal. Apesar de empolgada com seus bons resultados acadêmicos, crê que deve deixá-los de lado, pois na verdade é seu dever "reverenciar, adornar e embelezar" o mundo feito pela "labuta dos homens" – ou seja, o mundo da tecnologia e dos grandes feitos, que deve permanecer fechado à mulher. Na delicada metáfora de Woolf, Lily presume que precisa dar um jeito de não mais alçar voos que lhe estão interditados e murchar suas asas de borboleta recém-saída da crisálida; precisa, em vez disso, encontrar um jeito de enaltecer homens como o jovem destacado Bob Brinsley, que, apesar de por baixo da fachada de erudição exercitarem a arrogância e a crueldade, são os "descendentes diretos de Shakespeare". Em outras palavras, Lily pensa que é sua obrigação reproduzir os papéis sociais cristalizados de homem e de mulher, cortando pela raiz tudo aquilo que, dentro de si, possa entrar em conflito com isso.

"A apresentação" é um exemplo ilustrativo do estilo que marcou *Mrs. Dalloway*: o uso singular do discurso indireto livre criado por Woolf, que alterna entre diferentes consciências. Um dos destaques é o breve e desconcertante momento em que ocorre um salto dos pensamentos de Lily para os da anfitriã Clarissa Dalloway, causando no leitor um choque de perspectivas. Com esse recurso, vemos em um único parágrafo a perspectiva da mulher como era vista historicamente e da mulher criadora e contemporânea de Virginia Woolf, que, por não se encaixar nesses modelos tradicionais criados para ela, corre o risco do aniquilamento.

A APRESENTAÇÃO

Lily Everit viu que Mrs. Dalloway vinha abater-se sobre ela desde o outro lado da sala, e teria rezado para ser deixada em paz; contudo, quando viu Mrs. Dalloway aproximar-se com a mão direita erguida e um sorriso que significava, Lily sabia (apesar de aquela ser sua primeira festa), "Mas você precisa sair desse canto e vir conversar", um sorriso ao mesmo tempo benevolente e drástico, autoritário, ela sentiu uma estranhíssima mistura de animação e medo, de vontade de não ser incomodada e ânsia de ser arrastada e atirada nas profundezas ferventes. Mas Mrs. Dalloway foi interceptada, interrompida por um velho cavalheiro de bigode branco; e assim Lily Everit teve dois minutos de respiro para aferrar-se, como um mastro no mar, para beber, como uma taça de vinho, o seu ensaio sobre o caráter do deão Swift* que o professor Miller devolvera naquela manhã, dando-lhe três estrelas: Primeira categoria. Primeira categoria, repetiu para si mesma; porém o cordial agora parecia bem mais fraco do que quando, diante do longo espelho, sua irmã e Mildred, a criada, terminavam de arrumá-la (um toque aqui, um ajustezinho ali). Pois enquanto as mãos das duas se moviam, teve a sensação de que remexiam agradavelmente a superfície, mas que por baixo jazia intocado, como um fragmento de metal cintilante, o seu ensaio sobre o caráter do deão Swift, e todos os elogios que as duas lhe fizeram quando ela desceu e foi para o saguão aguardar um táxi – Rupert saiu do quarto

---

* Jonathan Swift, autor de *As viagens de Gulliver*, que se tornou deão da Catedral de São Patrício em Dublin, Irlanda.

e comentou o quanto ela estava elegante –
agitaram a superfície, passaram como uma
brisa por entre as fitas; e só. A vida se dividia
(disso ela tinha certeza) em fato, aquele ensaio, e ficção, aquela saída; em rocha e onda,
pensou ela no caminho, vendo as coisas com
tanta intensidade que para todo o sempre
enxergaria inextricavelmente fundidas a
verdade e ela mesma, um reflexo branco nas
costas escuras do motorista: um momento
de visão. Então, ao entrar na casa e ver as pessoas subindo e descendo as escadas, aquele
fragmento duro (seu ensaio sobre o caráter
de Swift) bambeou, começou a derreter, ela
não conseguia mais segurá-lo, e todo o seu
ser (já não mais afiado como um diamante
que cinde o coração da vida) transformou-
-se num misto de alarme, apreensão e defesa,
enquanto ela permanecia à margem no seu
canto. Este era o famoso lugar: o mundo.

Olhando em torno, Lily Everit instintivamente escondeu aquele seu ensaio, de tão envergonhada que se sentia agora, e de tão desnorteada também, porém ao mesmo tempo ansiosa para ajustar o foco e colocar nas proporções corretas (as antigas tinham se mostrado vergonhosamente erradas) aquelas coisas que diminuíam e se expandiam (que nome lhes dar? pessoas – impressões da vida de pessoas?), que pareciam ameaçá-la e dominá-la, transformar tudo em água, deixando-lhe somente – pois disso não abriria mão – o poder de ficar à margem.

Agora Mrs. Dalloway, que em nenhum momento abaixou totalmente o braço e demonstrara pelo modo de agitá-lo durante sua conversa que não tinha se esquecido, que simplesmente tinha sido interrompida pelo velho combatente de bigode branco, levantou-o mais uma vez com determinação e veio direto até ela, e disse à charmosa garota tímida, de pele clara, olhos brilhantes, cabelo escuro reunido poeticamente em torno da cabeça e corpo magro num vestido que parecia estar escorregando:

– Venha, deixe-me apresentá-la. – Mas nesse ponto Mrs. Dalloway hesitou, e recordando, então, que Lily era a inteligente, a que lia poesia, olhou ao redor em busca de algum jovem rapaz, algum jovem rapaz recém-chegado de Oxford que tivesse lido de tudo e pudesse conversar sobre Shelley. E segurando a mão de Lily Everit, levou-a até um grupo onde jovens conversavam, além de Bob Brinsley.

Lily Everit vacilou um pouco, um veleiro rebelde no rastro de um navio a vapor; e teve a impressão, enquanto Mrs. Dalloway a conduzia, de que aquilo estava prestes a acontecer; agora nada o poderia prevenir; nem impedir (desejava apenas que aquilo terminasse agora) que ela fosse atirada em um redemoinho onde ou ela pereceria ou seria salva. Mas o que era esse redemoinho?

Ah, era formado de um milhão de coisas e todas bastante distintas para ela; a Abadia de Westminster; a sensação de estar em meio a edifícios solenes imensamente altos; de ser mulher. Talvez tenha sido o que se destacou, que permaneceu, era em parte o vestido, mas todos os pequenos galanteios e atenções da sala de estar – tudo aquilo a fazia sentir que acabara de sair de sua crisálida e que a proclamavam algo que na escuridão confortável da infância ela jamais tinha sido – uma criatura frágil e bela, diante da qual os homens faziam reverência, uma criatura limitada e circunscrita que não podia fazer o que bem entendia, uma borboleta com mil facetas nos olhos e delicadas e lindas asas, e inumeráveis dificuldades e sensibilidades e tristezas: uma mulher.

Enquanto atravessava a sala com Mrs. Dalloway, aceitou o papel que agora lhe era dado e, naturalmente, exagerou-o um pouco, como talvez o fizesse um soldado orgulhoso das tradições de uma antiga e famosa farda, tomando consciência, enquanto caminhava, da sua elegância; dos seus sapatos apertados; de seu cabelo encaracolado e torcido; e de que se deixasse cair um lenço (isso já acontecera antes), um homem se inclinaria precipitadamente e o entregaria a ela; acentuando anormalmente, assim, a delicadeza, a afetação da sua conduta, pois afinal não eram próprias dela.

Próprio dela era, em vez disso, correr e se apressar e meditar em longos passeios solitários, subir em portões, atravessar o barro e a bruma, o sonho, o êxtase da solidão, para ver os bandos de tarambolas e surpreender os coelhos, e no coração dos bosques ou das vastas e solitárias charnecas dar de cara com pequenas cerimônias sem público, com ritos privados, a pura beleza oferecida por besouros e lírios-do-vale e folhas mortas e lagos calmos, que não dão a mínima para o que os seres humanos pensam a seu respeito, o que enchia o espírito dela de enlevo e espanto e a mantinham ali parada até se ver obrigada a tocar o poste do portão para voltar a si – tudo isso até aquela noite fora o seu ser, aquilo que lhe permitia conhecer-se e gostar-se e infiltrar-se no coração de sua mãe e seu pai e seus irmãos e irmãs; enquanto este outro era uma flor que desabrochara em dez minutos. E com a flor desabrochada veio também, inevitavelmente, o mundo da flor, tão diferente, tão estranho; as torres de Westminster; os edifícios altos e solenes; a conversa; uma civilização, sentiu ela, vacilante, enquanto era conduzida por Mrs. Dalloway, uma forma de vida regulada que caía como um jugo sobre seu pescoço, suave, indomável, do alto dos céus, uma declaração irrefutável. Ao olhar seu ensaio, as três estrelas vermelhas desbotaram até a obscuridade, mas de modo pacífico, pensativo, como se cedessem à pressão de uma força inquestionável, isto é, a convicção de que não cabia a ela dominar ou assegurar e sim arejar e embelezar essa vida ordeira onde tudo já estava pronto; as altas torres, os sinos solenes, os edifícios construídos até o último tijolo pela labuta dos homens; os parlamentos idem; e inclusive o emaranhado dos cabos de telégrafo, pensou ela, olhando pela janela enquanto caminhava. Que tinha ela para fazer frente a essas conquistas masculinas monumentais? Um ensaio sobre o caráter do deão Swift! E ao se aproximar do grupo, dominado por Bob Brinsley (com o calcanhar apoiado no guarda-fogo da lareira e a cabeça inclinada para trás), com sua testa ampla e honesta e sua autoconfiança, e sua delicadeza e honra e físico robusto, e seu bronzeado, sua desenvoltura e descendência direta de Shakespeare, que poderia ela fazer senão deixar o seu ensaio, ah sim e todo o seu ser, cair no chão como um manto para ele pisotear, como uma rosa para ele despetalar? Assim ela o fez, enfaticamente, quando Mrs. Dalloway disse, ainda segurando sua mão como se temesse sua fuga daquela provação suprema, daquela apresentação: – Mr. Brinsley... Miss Everit. Vocês dois adoram Shelley. – Mas a dela não era adoração, se comparada à dele.

Dito isso, Mrs. Dalloway sentiu-se, como sempre sentia ao recordar sua juventude, absurdamente comovida; dois jovens se conheciam em sua festa e então brilhava, como se pelo impacto do aço na pederneira (ambos claramente ficaram tensos ao toque dela), o mais adorável e antigo dos fogos, quando viu na expressão do rosto de Bob Brinsley, que passou da indiferença para a conformidade, para a formalidade, ao apertar a mão da jovem, o que era um sinal, pensou Clarissa, da ternura, da bondade, do zelo das mulheres latente em todos os homens, para ela uma visão de encher os olhos d'água, pois a comovia ainda mais intimamente ver na própria Lily aquela expressão tímida, aquela expressão espantada, certamente a mais adorável de todas as expressões do rosto de uma garota; e que um homem sentisse isso por uma mulher, e uma mulher aquilo por um homem, e que daquele contato surgissem todos os lares, provações, tristezas, alegria profunda e por fim firmeza diante da catástrofe; a humanidade no fundo era boa, pensou Clarissa, e sua própria vida (apresentar um casal a fez recordar-se de quando conheceu Richard!) era infinitamente abençoada. Então ela se foi.

Mas, pensou Lily Everit. Mas... mas... mas o quê?

Ah, nada, pensou num instante, sufocando depressa, gentilmente, o seu intenso instinto. Sim, ela disse. Gostava mesmo de ler.

– E suponho que também escreva? – disse ele. – Poemas, provavelmente?

– Ensaios – disse ela. Mas não permitiria que aquele horror tomasse conta de si. Igrejas e parlamentos, edifícios, até os cabos dos telégrafos – tudo, disse a si mesma, feito pela labuta dos homens, e este jovem, disse a si mesma, é um descendente direto de Shakespeare, de modo que ela não permitiria que esse terror, essa desconfiança de algo diferente, a dominasse e murchasse suas asas e a conduzisse à solidão. Mas ao dizer isso, ela o viu – de que outro modo descrever aquilo? – matar uma mosca. Ele arrancou as asas de uma mosca, com o pé apoiado no guarda-fogo, a cabeça atirada para trás, falando de si mesmo cheio de insolência, de arrogância; mas ela não daria a mínima que ele a tratasse com insolência e arrogância, desde que não fosse brutal com as moscas.

Mas ela disse, remexendo as mãos enquanto sufocava aquela ideia, por que não, já que ele é o maior de todos os objetos deste mundo? E reverenciar, adornar, embelezar era tarefa dela, suas asas eram para isso. Mas ele falava; ele olhava; ele ria; ele arrancava as asas de uma mosca. Arrancara as asas da mosca com suas mãos inteligentes e fortes, e ela o viu fazer isso; e não conseguia esconder que sabia. Mas é assim que deve ser, argumentou ela, pensando nas igrejas, nos parlamentos e nos edifícios, e portanto tentou diminuir-se e encolher-se e murchar suas asas.

Mas... mas o que era aquilo, por que era assim? Apesar de todo o seu esforço, seu ensaio sobre o caráter de Swift tornou-se cada vez mais imponente e as três estrelas tornaram a arder intensamente de novo, se bem que já não tão claras e brilhantes, e sim perturbadas e manchadas de sangue, como se esse homem, esse grande Mr. Brinsley, ao arrancar as asas de uma mosca enquanto falava (de seus ensaios, de si mesmo e, numa ocasião, rindo, de certa garota ali presente), tivesse escurecido o tênue ser de Lily e a confundido para todo o sempre e murchado suas asas, e, quando lhe deu as costas, ele a fez se recordar com horror das torres e da civilização, e o jugo que caíra dos céus sobre o seu pescoço a esmagou; ela era como uma desgraçada nua que, depois de buscar abrigo nalgum jardim ensombrado, é enxotada ouvindo que não, não existem santuários, nem borboletas, neste mundo, e esta civilização, estas igrejas, estes parlamentos e estes edifícios – esta civilização, disse Lily Everit para si mesma, aceitando os elogios gentis da velha Mrs. Bromley quando esta surgiu, depende de mim, e Mrs. Bromley mais tarde comentou que, como todos os Everit, Lily parecia "carregar nos ombros todo o peso do mundo".

NOTA SOBRE A TRADUTORA

Ana Carolina Mesquita, tradutora, é doutora em Letras pela Universidade de São Paulo (USP) e autora da tese que envolveu a tradução e análise dos diários de Virginia Woolf. Foi pesquisadora visitante na Columbia University e na Berg Collection, em Nova York, onde estudou modernismo britânico e trabalhou com os manuscritos originais dos diários. É dela também a tradução do ensaio *Um esboço do passado* (2020), bem como de *A morte da mariposa* (2021), *Pensamentos de paz durante um ataque aéreo* (2021), *Sobre estar doente* (2021, cotradução com Maria Rita Drumond Viana), *Diário I*, 1915–1918 (2021), *Diário II*, 1919–1923 (2022), *Diário III*, 1924–1930 (2023), todos publicados pela Editora Nós.

© Editora Nós, 2023

Direção editorial SIMONE PAULINO
Editor SCHNEIDER CARPEGGIANI
Editora assistente MARIANA CORREIA SANTOS
Assistente editorial GABRIEL PAULINO
Revisão ALEX SENS
Projeto gráfico BLOCO GRÁFICO
Assistente de design STEPHANIE Y. SHU
Tratamento de imagem CASA DO TRATAMENTO
Produção gráfica MARINA AMBRASAS
Coordenador comercial ORLANDO RAFAEL PRADO
Assistente comercial LIGIA CARLA DE OLIVEIRA
Assistente de marketing MARIANA AMÂNCIO DE SOUSA
Assistente administrativo CAMILA MIRANDA PEREIRA

Imagem de capa, pp. 12–13 e 38–39:
© Smith Archive / Alamy Stock Photo (agosto de 1992)

Texto atualizado segundo o novo
Acordo Ortográfico da Língua Portuguesa.

Todos os direitos desta edição reservados à Editora Nós
Rua Purpurina, 198, cj 21
Vila Madalena, São Paulo, SP | CEP 05435-030
www.editoranos.com.br

Dados Internacionais de Catalogação na Publicação (CIP)
de acordo com ISBD

W913a
Woolf, Virginia
   A apresentação / Virginia Woolf
   Título original: *The introduction*
   Tradução: Ana Carolina Mesquita
   São Paulo: Editora Nós, 2023
   40 pp.

ISBN: 978-65-85832-13-7

1. Literatura inglesa. 2. Ficção. 3. Contos.
4. Woolf, Virginia. I. Mesquita, Ana Carolina. II. Título.

	CDD 823
2023-3700	CDU 821.111

Elaborado por Vagner Rodolfo da Silva, CRB-8/9410

Índice para catálogo sistemático:
1. Literatura inglesa 823
2. Literatura inglesa 821.111

Fontes GALAXIE COPERNICUS, TIEMPOS
Papel ALTA ALVURA 120 g/m²
Impressão MARGRAF